AF396617

RELATOS CORTOS

Emma Arlubins

Volumen I

Impresión y Editorial: Books on Demand GmbH
info@bod.com.es — www.bod.com.es
Impreso en Alemania – Printed in Germany

ISBN 9788413268712

Exposición de motivos:

No es mi pretensión que esta exposición forme parte de lo valorable para ningún   concurso literario, sin embargo, entiendo que a multitud de lectores les encantan estos relatos cortos, que sin ser largas o alargadas novelas tienen en su esencia el mensaje que quieren transmitir.
Son mi granito de arena, y los dedico a esos lectores de relatos frescos y dinámicos. Y en especial para todos aquellos que busquen momentos de sosiego y felicidad durante su lectura.

Dedicatoria

La presente obra es fruto de la herencia literaria de mi querido maestro, la recopilación de sus textos debidamente acondicionados y recompuestos quieren ser mi homenaje al hombre que me trajo al este camino de las letras.
Por expreso deseo del poeta y filósofo, su nombre quedará en el anonimato, pero desde aquí mi más sincero agradecimiento por lo que ha significado en mi vida.

Emma Arlubins

El caminante y la flor.

Érase un caminante que hizo un alto en su andar, y fijando su mirada en una bella flor, quedó prendado de ella. Y se sentó junto a esa la hermosa flor, su mirada dirigida hacía delante, a lo lejos su incierto destino le esperaba, estaba seguro de eso. Pero pensó, el destino puede esperar. La flor le pidió su auxilio, y el no se pudo negar, su espíritu jardinero no le iba a dejar andar.

El llanto silencioso de la bella flor rompía el alma del caminante. Pasaron los días y las largas noches, la flor aferrada a su tallo y sus raíces era incapaz de desprenderse de sus ataduras vitales. El árido paisaje era el verdugo que amenazaba sus vidas, pero no había nada que hiciese posible que el viajero reanudase su ruta, sabía que su destino pasaba por adorar a esa flor. Lluvias, tempestades, horas de sol justiciero no fueron obstáculo para que el jardinero cuidase a su flor.

Cuando las fuerzas mermaron, cuando la vida amenazaba con pasar a ser lo contrario, el caminante rendido cayó al suelo y en su delirio mortal levantó la mirada y una gran sonrisa se dibujó en su rostro al ver que la flor de sus sueños ya no estaba en su tallo, sino prendida en su solapa. Caminante y flor siguieron por el camino en busca de su destino, ambos volvieron a la vida y ambos buscaban la felicidad.

Y la flor habló al caminante…

Déjame que te cuente...

Es del todo gratificante y tremendamente confortable ejercitar el proceso de percibir y comprender tus palabras.

Pues me eleva el espíritu, y me hace crecer.

Sí, me das alas para volar.

Déjame que te cuente...

Hay en tus palabras ese sabor a la sabiduría y la benevolencia.

Oírte es subirse a un carrusel de donde no quisiera bajar nunca, porque sentir el aire fresco en mi, me da la fortaleza para seguir acariciando tu rostro con mi fragancia.

Déjame que te cuente...

Que a pesar de tu disfraz, te reconozco, atendiendo a las esas virtudes que iluminan el camino a cualquier ser que posea un alma.

Yo soy una flor que me he enamorado de un poeta.

Déjame que te cuente...

Ahora nos toca empezar a jugar, al juego de esta locura, pero;

Déjame que te cuente...

Bendita locura.

El caminante responde a su flor...

No te empeñes... ver en mí... lo que no soy... leyendo mis palabras como posos de café que se manifiestan en el fondo de una taza...

No... No te empeñes... ver en mí... lo que no soy... interpretando los registros de mi mirada... usando fórmulas ancestrales para decodificar el movimiento de mis pestañas...

No... No te empeñes... en ver en mí... lo que no soy...haciendo uso de mis gestos... para deducir los rasgos de mi personalidad.

No... No te empeñes... ver en mí... lo que no soy... por tu necesidad de poner nombre a los rasgos de mi carácter... que transgreden las normas de tus principios y valores.

No... No te empeñes... ver en mí... lo que no soy... desde esa necesidad tuya... que nada te desborde ni te descontrole... cuando te hablo, te miro y te escribo mensajes con mis ojos.

No... No te empeñes... ver en mí... lo que no soy... siguiendo el orden natural y razonable de las cosas...cuando te ves obligada a ponerles nombres a lo innombrable.

No... No te empeñes... ver en mí... lo que no soy... yo no tengo la culpa... que no sepas que se esconde en la cara oculta de la luna... que te asuste vivir en el vértigo de las contradicciones... descubrir que no todo es controlable... y que en el deseo todos ponen...

No... No te empeñes... ver en mí... lo que no soy...porque yo tampoco lo sé... pero aquí... me tienes.

Todos tenemos una flor en el camino.

A oscuras.

Escúchame... A oscuras... y aún para más tranquilidad... cierra los ojos y deja que te diga al oído... todas aquellas cosas que me ruboriza decirlas con luz eléctrica o solar...

Son palabras que he ido guardando para esta ocasión... no creas que son fáciles de sentir... ya no te digo de pronunciar...

He reproducido mentalmente antes esta situación siguiendo las instrucciones de un manual de autoayuda... para situaciones que uno debe de afrontar sin que te deje en evidencia... la inseguridad...

El sudor de las manos es una alerta... me temo que esto va a quedar fatal... mira que me la juego... intentando ser sensible... seductor... original...

Allá voy con la primera... la boca se me reseca... deben ser los nervios... que como ventosas... se me pegan en el paladar...

Vértigo... una sensación que me paraliza las extremidades inferiores y superiores... en esas distancias cortas donde mis imperfecciones faciales no se pueden disimular...

Chiribitas... estrellas brillantes y minúsculas que brotan en mis ojos cada vez que te veo, te pienso o te imagino... sentada a mi lado sin saber que decir... pero eso... ahora que lo pienso... que más da...

Tentación... ese demonio interior que me anima a infringir la norma... traspasar los límites de tus fronteras... jugarme el tipo en las dimensiones de una baldosa... ejecutar un beso furtivo e inesperado convencido de que en ti es lo más deseado.

Eco... la repetición de tu nombre... la estela de tu última mirada... la resonancia de esa palabra que dije de una manera tan torpe y equivocada.

Miedo... a no llegar donde deseo ir... a no estar donde es lo más indicado ser... a no ocupar lo que los vacíos prescriben como eternidad...

Tú... dónde estabas que no te vi antes de que amar y desear... fueran verbos que se pudieran conjugar sin ti.

¿Te has dormido...?

Creo que sí... mejor... así no te acordarás de lo que yo "un día escribí... pensando en ti.

———————————

Una intimidad.

El cuerpo humano y por supuesto el de los animales, es un conjunto de órganos que casi rozan la perfección. No sabemos quién lo ha diseñado, pero debe ser obra de algún dios.

Pero hay que destacar el cerebro como central de todos los sentidos y sentimientos.

Los terminales nerviosos reaccionan a los estímulos a través de los contactos, estos contactos pueden ser a través de los cinco sentidos.

Vista, oído, olfato, gusto y tacto.

Después veremos el tránsito al sexto sentido, el de los sentimientos.

Los órganos más sensibles son los que han de trasladar las sensaciones al cerebro.

Lengua, dedos, órganos sexuales.

Y los puntos sensitivos son los receptores de esas sensaciones.

Para alcanzar el amor pleno se necesita una actividad química de atracción, cuando ésta se da, empieza el placer en sentido amplio.

Los amantes lo son cuando desean activar cualquier parte sensible del cuerpo de la persona amada.

Cuando con mi lengua o con mis dedos acaricio cualquier parte de tu cuerpo, siento el placer que recibes, y es un espejo, yo siento el placer en mi cuerpo.

El órgano sexual no cabe duda que también, pero no es el único, ni mucho menos.

Es lógico que un actividad kiviana, en un clítoris sea efectivo es el órgano más receptivo y sensible de la mujer. Al pene le pasa algo parecido.

Pero el amor es mucho más, todas las partes son sensitivas, todas emiten señales al cerebro y son inacabables. La simple penetración tradicional cansa, es como si cada día te dan lentejas, al final puedes llegar a odiarlas. Inapetencia o incluso rechazo, y por qué no, asexualidad.

Entonces, se trata de explorar, variar, gozar de todas las partes del cuerpo de tu amado/a.

Jo pienso hacerlo siempre, todas y cada una de sus partes me apasionan, todas.

Los receptores cerebrales varían sus conexiones con estas actividades está demostrando científicamente. Eso hace que se active el sexto sentido el de los sentimientos, algunos lo ubicamos en el alma, otros dudan de su existencia. Habría que ver que es lo que se esfuma con esos 23 gramos cuando morimos. Punto.

Es el concepto que podríamos llamar de plenitud de vivir.

Lo demás es un amor amputado, débil y monótono que no tiene otro destino que agotarse y morir.

Chuparse, lamerse, besarse y gozar de cada centímetro es darse vida uno a otro y yo estoy dispuesto a vivir y darte vida. A ti mi amor.

Nuestra química es compatible, no cabe duda, eso es lo que nos tiene unidos por esas sensaciones que están instaladas en nuestros cerebros. Y posiblemente en nuestras almas.

El amor también es ciencia.

Eso es lo que me lleva a estar seguro de que nunca dejaré de amarte.

Toda tesis ha de tener conclusión;
Te amo, esa es la conclusión definitiva. Adoro tu cuerpo y
venero tu alma.

———————————

Bailar con lobos.

Dicen que fue grande, que en sus buenos tiempos cabalgata a lomos del éxito y de la estimación, del reconocimiento y de la admiración.

Pero estaba escrito en su cuaderno de bitácora, las envidias, los celos y grandes dosis de rencor, le obligaron a bailar con lobos.

Las miserias son los avales de los miserables, de los cobardes, de los traidores y la envidia corroe como el óxido corroe a los metales innobles.

Lo que no sabían es que su esencia era de oro y sus sentimientos nobles como el dorado metal. El vil metal es el veneno que intoxica las almas y rompe los corazones.

Sentado en el umbral de una despedida, ahora espera la gloria en forma de parca, la guía en el camino hacia su destino final. Pero él nunca dejó tareas inacabadas ni promesas sin cumplir y ahora tampoco.

Sus días y sus noches eran una cuenta atrás, un desafío al tiempo, una premonición. Y tal que un visionario, al estilo de Nostradamus... veía el futuro, en vez cuartetas ocultas, usaba cuartetos y tercetos, estrofas de versos donde reflejar sus profecías y sus delirios.

Dicen que fue grande, y que ahora es de esos escritores fantasmas, negros, atrincherados en la oscuridad del olvido y del abandono. Que fácil es entrar en la zona gris, en el desanimo y el desconsuelo. Creemos estar a salvo de todo y sin embargo estamos sumergidos en el mar de las incertidumbres y de los malos pensamientos.

Bailar con lobos es una lucha constante contra los desengaños y las traiciones, bailar con lobos es vivir en el filo de la navaja, en la cuerda floja, en el sinvivir.

Ahora recuerdo una antigua reflexión, dije en una ocasión que; la vida es un desgaste, nacemos desvivimos y morimos.

Debo salir a la calle, mis obligaciones lo exigen, a capear el temporal, a seguir el baile de la vida, a desvivir, a bailar con lobos.

———————

Anhelos y frustraciones

Corrían las últimas fechas de 1999, un poeta letrista de canciones afincado en Madrid, vivía solo tras separarse de su esposa. Vinculado y dedicado abandonó su ciudad natal para desarrollar su profesión cerca de grandes artistas. Pasó allí muy buenos momentos y también malos. El mundillo artístico no es fácil, y mucho más cuando se deja atrás un trabajo estable para aventurarse a un futuro incierto.

Pero el azar y algo de talento, le puso en contacto con un destacado intérprete al que le escribió multitud de letras de cierta calidad, tanto es así que muchas alcanzaron un gran éxito.

Había conseguido un anhelo de siempre, ganarse la vida con su auténtica vocación. La literatura es una disciplina extremadamente cruda y difícil. Todo era felicidad.

Después de sus extravagantes jornadas de trabajo, acudía frecuentemente a un local de esos nocturnos y atestado de músicos y artistas en general.

Fue allí donde conoció a una hermosa y a la vez extremada joven, amiga de famosos y en particular fan incondicional del famoso cantante para el que escribía él.

Eran noches de alcohol y de otros excesos. Esa mujer puso sus ojos en el poeta, y él también se sentía atraído por ella nunca lo negó. Le gustaba. Quién iba a pensar que se trataba de una perturbada, sus ojos desprendían fuego, la procedencia de ese fuego se podría adivinar.

Pero él que no era experto ni consumidor de sustancias extrañas no notó que podía ser una persona desequilibrada y obsesa sexual.

Sus encuentros se podrían contar con los dedos de una mano.

Bien hasta ahí todo normal.

Aquella mujer sabía tanto de él que ni él mismo sabía tanto. Conocía todos sus gustos, sus aficiones, sus deseos, sus pasiones y sus versos y canciones los recitaba de memoria. Tal vez tuvo que darse cuenta de que aquello no era normal. Detrás de eso se esconde casi siempre una obsesión, lo esperaba cada día allá donde estuviese, aparecía en todas partes, incluso en lugares imprevistos. Nunca supo como lo conseguía, pero el caso es que siempre estaba en el lugar preciso.

En ocasiones su mirada era una verdadera amenaza, parecía proceder de otro mundo.

Una noche le esperó a la salida de aquel local habitual, él iba con un músico de orquesta y con una amiga de éste.

De pronto, allí apareció. Era una noche cerrada, el frío cortaba la respiración y se acercó a él y sin mediar palabra saco un enorme cuchillo de cocina que llevaba en su bolso y quiso clavárselo en el pecho, al mismo tiempo pronunció las siguientes palabras vas a morir como tu ídolo, se trataba de John Lennon. Conocía como hemos dicho, todo sobre él. No consiguió, su objetivo el poeta en su juventud practicó el difícil deporte del boxeo, la desarmó no con cierta dificultad, y con un corte en la mano. Sin duda aquella mujer estaba enloquecida.

Sin dudar un instante los tres huyeron de del lugar de forma precipitada, y con una sensación de verdadero miedo, dejando atrás la rocambolesca escena.

Al día siguiente el distinguido cantante le convenció para que no la denunciase, era amiga suya y sobre todo no quería escándalos.

Hubiese habido unas investigaciones que podían haber destapado otros asuntos oscuros que prefiero obviar.

Decidió volver a Barcelona, su ciudad natal, no a su casa no podía.

Estuvo una temporada en casa de un amigo músico también de la famosa orquesta Platería.

Al poco tiempo una llamada telefónica le puso en aviso de que aquella mujer estaba en Barcelona buscándole, y cogió pánico. Mantenía una relación esporádica con una distinguida de esta ciudad y ambos decidieron hacer un viaje de placer hasta que se pasase todo aquello.

Ella tenía dinero, y él podía permitirse ese ritmo entonces. Viajaron a París y posteriormente a New York, finalmente al oeste, San Diego y por último a Méjico. Allí pasaron una temporada inolvidable.

Pero no había otro remedio que volver a su país, a ella le reclamaba su trabajo y a él lo mismo.

En realidad ningún trabajo en concreto.

Por cierto, un giro en la trayectoria, hizo que él regresase a su casa con su esposa de siempre, la oficial, fue su mayor error.

Allí tuvo que enterrar todos sus sueños y todos sus ideales, tras incorporarse a su profesión oficial y someterse a la vida cotidiana y familiar, llegó la crisis, que arrasó a multitud de emprendedores en este país. Cayó en una profunda depresión y ahí surgió su etapa literaria que él llamó gris.

Pasó un año podríamos decir que sabático, a la fuerza claro, y más de una necesidad perentoria.

Por último accedió por oposición a una humilde plaza de funcionario simple en un ayuntamiento. Y allí vivió a ser feliz. Conoció a alguien que iba a dar un nuevo y definitivo giro a su vida. Pero esto ya pertenece a otro relato.

———————————

Ahora…

Ahora que se me escapa la vida, como el agua se escapa entre los dedos, me doy cuenta de que también se me escapó el amor, que me baje de un tren en marcha cuyo destino era la felicidad.

Ahora que mis pulmones no son capaces de absorber todo el aire que necesito para sobrevivir, me doy cuenta de que el oxígeno que me hubiese mantenido vivo era tu presencia, el amor que me diste una vez, sin pedir nada a cambio más que yo te amase a ti.

Ahora sé que te amé, que te amo, que te amaré siempre, estés donde estés. La distancia que nos separa no es ni más ni menos que el nudo que nos ata a nuestro amor.

Ahora platónico, pero que existe y existirá. Si en la vida hay algo de justicia, la vida nos debe una oportunidad para mirarnos, para besarnos, para sencillamente amarnos.

———

Imagino.

Asomado en mi balcón en el primer albor de un cielo neutro, imagino un lejano lugar, donde la fantasía campa a sus anchas. Donde el cielo es azul para darle nombre a su tonalidad. Allí donde habitan los poseedores de los grandes misterios que encierran las almas. Donde el arte es arte por amor al arte. Donde las princesas, lo son por méritos propios y nada es extraño ni extraordinario, todo se basa en la naturaleza de los seres y en su pureza de espíritu.
Imagino caballos galopando por verdes praderas, que más que relinchar, parecen reír… gozar del esplendor del entorno. Allí donde la oscuridad no tiene cabida, porque no le hacemos sitio… porque no la necesitamos para nada. Allí donde la luz es la reina del paisaje. Y las flores agradecidas muestran todos sus atributos para deleitarnos la vista.
Imagino escuadrones de aves revoloteando y acariciando los oídos con su canto angelical. Allí donde la vida es vida y donde no hay miedo ni a la muerte… porque es la forma natural de conservar la vida. Y donde la frontera del cielo y el mar solo es apreciable por su cambio de tono.
Imagino a mi princesa, dueña de una belleza sin igual y un encanto que encanta… que enamora. Su corazón es de cinco estrellas y sus ojos brillan como esmeraldas. Su innata elegancia y su distinguido semblante, provoca la envidia, que también dicen que es verde, como sus ojos.
Imagino… no ahora no imagino… porque estoy acariciando su rostro con mis manos y éstas descargan sobre mí, una dosis de inmenso placer. Allí sí… estoy allí donde los sueños

no lo son… donde las realidades adoptan el disfraz de sueño… pero son realidad.

Mis pies tocan el suelo… y a la vez mis manos tocan el cielo. Pues acariciar a mi princesa es estar en el cielo. Ese cielo que parece tan lejano y sin embargo lo tenemos al alcance de nuestras manos.

———————

Episodio imprevisto.

Mi rostro presentaba las cicatrices propias de los excesos y los malos pensamiento, a pesar del uso de cremas hidratantes que quieren enmascarar la realidad patente. No hacía falta preguntar, y a pesar de ello, al aparecer ella... se respiraba ese vientecillo que anuncia la llegada del amor de verdad.

Su hermosa belleza me vence, me rinde a ella.

Sus ojos me hablaban de la verdad.

Y yo respondo a la verdad.

Y es que ella es toda verdad, mi verdad, como se dice.

Y cómo voy a negarme a su petición, cómo dar la espalda a mi vida, que es ella.

Sin dilación, abandoné mi puesto de trabajo, no hay nada que frene mis impulsos y mis pasiones.

Ella está por encima de todo, no existe nada más para mí.

¿Hacemos un... ?

¿Qué pregunta no?

Las hormonas a galope y los nervios a flor de piel.

Me esperaba en el hotel, mi león derrapaba en las curvas como un F1, una contrarreloj para llegar hasta ella.

Su ingenio hizo que preparase el terreno, la imprevisión lo pedía.

Somos clientes Vip, saben que soy su esposo, de Wapssap pero su esposo, cuando llegué, después de esquivar el aparcamiento de los taxis, alcancé el vestíbulo.

Ella se había hecho con unos bocadillos en el self service, sino quién le entra al lobo feroz.

Y una vez en el aposento nupcial, con cama de reserva, curiosamente iniciamos una charla, un diálogo que rebosaba amor por los cuatro costados.

Pero nos esperaba una cama, y las ansias de amar... y nos amamos como nunca, era como una verdadera noche de bodas, solo que a plena luz del día.

Las cortinas se encargaron de corregir la luz de la aurora y un tornillo torcido era un obstáculo a salvar.

Por muchos días que viva, jamás olvidaré esos momentos.

Y tengo muchos momentos para recordar, pero esta vez se ha consolidado nuestro amor de forma definitiva.

Nos damos vida, y separados no vivimos. Y compartimos nuestras ilusiones y nuestros sueños.

Si alguien cree que estamos locos... es su problema, no el nuestro.

No sabía cuánto.

Cada día es un día mejor, porque con ella, cada día es un nuevo amanecer. La oscuridad de la noche anterior se ha convertido en la luz de sus ojos, que me hablan de amor. Mis demonios se disipan cuando veo sus ojos. Es mi vida la que asoma por ellos. Y no hay más.

Un día gris, y con pocas expectativas se ha convertido en el día definitivo de la consecución de este amor que nació vivo y seguirá vivo siempre.

No sabía cuánto me que quería, solo sabía cuánto la quería yo.

Ahora estoy seguro, nos amamos más allá de lo imaginable.

Y este amor merece que alcance su esplendor.

Sí, esa casita existirá, igual que la ilusión que existe en mi corazón.

Y las ilusiones no son más que la antesala de lo que será.

No sabes cuánto te quiero, pero yo tampoco sabía cuánto me quieres tú.

El sexo es nuestro complemento, lo que nos lleva al éxtasis, pero lo más grande que tenemos es nuestro amor.

En la gloria.

Y allí de rodillas oré, al "cristo de los faroles" a la "virgen del pilar" a la "dolorosa" al "altísimo" y mi oración se oyó en el mundo de los vivos y en el de los muertos.

Estaba más muerto que vivo, pero ahora mis sábados son sábados de gloria y mis domingos, domingos de resurrección, y los lunes, lunes de pascua. La luna está llena para mí y todos los lunes es pascua.

Y tras los cristales amenaza lluvia, pero yo veo el sol, ese sol que ilumina mis pasos, esos pasos que me acercan a ti.

A mi los altísimos y las vírgenes me la traen al pairo, para mi lo más altísimo eres tú.

"Muchos serán los llamados y pocos los elegidos". Esta frase bíblica está basada en la llamada del amor. Llamados a amarse, y elegidos para la gloria del amor.

La gloria, ambiguo término, identifica la sensación de bienestar, el bien supremo.

"Gloria a Dios en las alturas y en mi calle ayer a oscuras y hoy sembrada de bombillas". (Serrat).

La gloria es la fiesta de una celebración, del triunfo de bien sobre el mal. La luz de las bombillas y el brillo de las guirnaldas las ponemos nosotros. Hoy hay fiesta en mi corazón, porque me siento amado.

Hoy me siento en la Gloria.

Más allá del confinamiento.

Creí que ya no era capaz de soñar, pero aquella noche soñé. Lo difícil fue identificar que se trataba de un sueño, pues lo viví, sí podía sentir, mis cinco sentidos estaban activos y alguno más, diría yo.

Sabores, olores y sonidos eran absolutamente detectados y no digamos el tacto. Lo de la visión se puede imaginar, clara y precisa.

Mi cuerpo agotado por esta terrible situación de alarma, este confinamiento que parece no tener fin, desataba los hilos que atan las pasiones y secuestran los sentimientos.

Habían pasado muchas fechas, tantas que casi no recordaba que color tenía el mar a esa hora del atardecer.

Mi corazón llevaba un ritmo galopante, iba al encuentro de mi bella esposa. El maldito destino nos tuvo separados durante esta forzosa clausura.

En quince minutos la tendría en mis brazos, eso me mantenía vivo, la respiración algo acelerada, una sensación de falta de aire, me ahogaba y un extraño temblor en las piernas me asustaba.

Llegué al palacio del placer, al ese lugar testigo de nuestro matrimonio y de nuestro amor.

Y allí estaba ella. Mis ojos se iluminaron al verla, y ella desprendía resplandor. Jamás la vi tan bella, o me lo pareció, realmente era bella. Pero mis ojos dibujaban una extrema belleza, algo especial. Ella es especial.

Nos fundimos en un abrazo eterno, nuestros cuerpos se necesitaban con ansia. Al separarnos mis labios buscaron los suyos, y mis manos sus nalgas.

28

Elegimos la oriental oeste, como nos gustaba, mirábamos el entorno como aquel que vuelve a su casa después de un largo viaje.

Nos mirábamos fijamente, parecíamos querer robarnos la imagen el uno al otro para que no se escapase nunca más.

Lentamente levanté su falda, sabía lo que iba a encontrar, era mi religión, mi veneración, su cuerpo, su piel de canela, mis dedos rozaban y acariciaban su contorno, ella se contoneaba mientras iba desabrochándome la camisa. Un primer contacto de mi mano en su pecho la excitó, un delicado gemido salió de su boca, me mordía ligeramente su labio inferior. La posición horizontal nos llamaba, recosté su hermoso cuerpo en las Inmaculadas sábanas, y recorrí con mis labios y mi lengua cada centímetro de su silueta.

Sus exclusivos y exquisitos movimientos, me volvían loco. Al alcanzar su bella rosa, bebí de la fuente de sus fluidos, sacié mi sed de amor, lamí las puertas del cielo y los gemidos empezaron una sinfonía, en "allegro tropo".

Un inquieto sable, deseoso de envainar, alcanzó su casa, su destino. La penetré con esa suavidad que pide el acto supremo del amor. Y ella recibió el envite con un esplendoroso gemido de placer que ensordeció mis oídos. Sujetaba mis nalgas, con intención de mantener la espada en ella. El reposo le armaba su delirio que la llevaba a la serenidad.

Miré el reloj, diría que habían pasado cinco minutos, sin embargo habían transcurrido siete horas. Las agujas del crono giraban a la velocidad de un ventilador.

Y no teníamos suficiente, queríamos más. Nos juramos dárnoslo todo, y solo habíamos hecho que empezar.

Los fabricantes de lubricante por nosotros pueden cesar su actividad, no los precisamos. Los nuestros superan cualquier sistema.

Fluyen porque fluye un amor y una pasión desatada.

Íbamos a dormir juntos, era impensable la noche anterior.

Y allí quedamos abrazados hasta el nuevo sol, el nuevo amanecer, la primavera perpetua. El dulce canto de la felicidad nos abrigaba, nos protegía.

Buenos días mi amor.

¿Has dormido bien?

Ha sido una noche de ensueño.

Buenos días mi amor.

———————

Sensaciones.

Me acostumbré a vivir en ella y ahora esta sensación de soledad me abruma, me castiga y me somete al rincón del abandono.

La imagen distorsionada de su semblante es una constante en mi mente atormentada por el delirio, y la pasión se desata en mis entrañas buscando refugio en el recuerdo.

Son paisajes del paraíso de un soñador. Imágenes imborrables, perpetuas como las hojas perennes de un limonero. Y la fresca fragancia de su flor que anuncia la primavera.

Esa primavera que será, que está a la vuelta de la esquina, solo oculta por el muro de contención que separa nuestras miradas.

La distancia no es el olvido, es la presencia ineludible, inevitable del anhelo de un futuro cercano y a la vez incierto.

Viva el sur y viva el norte,
aquí se queda a la espera,
este que quiere ser tu consorte
y que sin duda se desespera.

Las estrofas de un poema fluyen como las aguas de un río, ansioso por llegar al mar y cerrar el ciclo vital de su existencia.

El mar... cuna de todos y de todo, refugio de las almas y fuente de la vida. El mar... testigo de amores y desamores,

de triunfos y de fracasos, de ilusiones y desengaños. El
mar... manantial de la inspiración del poeta.
Mi mar... tu mar... nuestro querido mar...

––––––––––––––––––

Engañar a una estrella.

Creo que ya no soy el que fui, mi semblante anuncia una decadencia irreversible y galopante.

Sin embargo la prórroga, el tiempo añadido, me ha prestado unas alas para poder volar. Las de la sartén no eh!!!

Me he probado las alas, son de mi talla, tal vez pueda hacerlo.

Un error y una caída sería una precipitación seria definitiva, mortal de necesidad. Y qué más da, si muerto ya estaba.

Y los muertos no pueden morir.

Y a los muertos no les importa la vida, en cambio a los vivos sí les importa la muerte. Será que temen lo que desconocen. Sin embargo yo ya estuve allí, y volví, pues mi tarea no estaba completa.

Ahora lo veo y lo entiendo. Necesitaba aprobar mi asignatura pendiente. Y aquí estoy, concentrado y preparado para la gran prueba final.

Le llevo ventaja a la vida y a la muerte, las conozco a las dos. Puedo plantarle cara a ambas.

Pero prefiero hacerlo con la vida, esa que tengo delante y que antes no tenía.

Y es ahí donde estás tú, princesa de mi cuento, reina de mi reino, dueña de mi corazón y esencia de mi alma.

Es ahí donde descargo toda mi energía, mi polvo estelar, mi rayo de luz solar, por si el sol no brilla hoy lo suficiente para ti.

La misma luz que tú me proyectas para que te escriba estas letras y para que desee estar a tu lado todos los días de mi existencia y más allá de ella.

Cuando esté en mi estrella, me preguntará por ti, y yo le diré que tu brillo ahora es comparable a la de la estrella más brillante del universo.

Eso le dará mucha envidia y tal vez, pero solo tal vez, me devuelva a ti, me expulsará de su lado como castigo y yo aceptaré ese castigo con una sonrisa porque sé que volveré a tu lado. Habré engañado a una estrella.

Sabes por qué... porque la estrella más brillante del firmamento para mí eres tú.

Feliz tarde amor mío.

———————

Parón.

Enseguida comprendí que lejos de su mirada hacía mucho frío. Y el tiempo empecinado en no dar tregua en el indeseable paréntesis que nos mantiene en la distancia.
Presos de una cohesión social, no podemos avivar el fuego de la nuestra.
Los días van pasando, y la espera se hace interminable. Nuestro tren parado en una estación, espera la orden para retomar la marcha, y los ángeles del cielo, apuran su descanso a la espera de su próxima guarda.
La primavera nos ha robado el mes de abril, como dijo aquel, y las bufandas y las mascarillas desdibujan las sonrisas y anulan la expresión de los rostros.

Sentado en mi sillón, vuelo por los universos de papel, la palabra escrita es mi fiel compañera y como no, esta soledad que me atenaza el alma y deja inerte mi cuerpo, al abrigo de la esperanza de una nueva ensoñación.

———————

Distancia social.

Un viejo concepto ha cambiado su significado, la distancia social.

Hasta ahora entendíamos que hacía referencia a la supremacía, a la distinción de clases y de castas, por tanto, en nuestra sociedad actual, se considera peyorativo. Ahora no, aparece como antiséptico, dadas las circunstancias.

La inclinación natural de nuestra cultura latina nos hace necesario el contacto, sea físico o simplemente de cercanía.

La actual hegemonía impide los acercamientos y los contactos.

Un enemigo vírico es la amenaza que nos aterra y nos mantiene en la distancia, nos asemejamos ya a los nórdicos, menos aficionados al contacto.

Las disparatadas cifras de bajas que aparecen en los "informativos", lejos de cualquier realidad, nos parecen partes de guerra, contra un enemigo invisible, que no cabe duda que debe proceder del infierno.

La lucha por la supervivencia es hoy el primer problema para una sociedad herida en valores y víctima de los altibajos y cataclismos económicos que nos aplastan a la mayoría, pero que aceptamos como natural avance de la civilización.

Tal vez sea hora de abrir nuevos planteamientos, y volver a desempolvar valores que han ido quedado por el camino por efecto de tanta velocidad.

Algo más.

Sus escritos no son simples escritos, no, no... eran pura poesía. Es por eso que te digo que es poeta. No solo es poeta el que rima palabras, sino quien rima sentimientos. Ella rima sentimientos.

Una vez, y solo una, dudé, tal vez era pronto para juzgar sentimientos para mí inexistentes, carentes de valor sentimental a mi entender.

Pero nunca más. Comprendí que había conocido algo que creía que solo existía en los cuentos de princesas, lo que no supe ver es que ella era una princesa real y yo podía ser su príncipe.

Ahora soy algo más, soy tu esposo además de muchas cosas más.

Lo oportuno es lo que procede, lo adecuado en cada momento.

Hace tiempo creo oportuno amarla, adorarla y llevarla a la felicidad, y con ello alcanzar la mía.

Espero que lo entienda.

Soy tuyo, y la considero mía.

Dime que me quieres.

Se detuvo en esa frontera imaginaria que separa el mundo real y el de lo onírico...

Allí... mirando a ambos lados... por un instante tomó conciencia de lo difícil que era elegir un destino en los itinerarios de la vida...

Sabía de la comodidad del mundo de los sueños... donde la fantasía, la imaginación son la compensación a los imposibles, a los deseos rotos, a los fracasos.

En el mundo real... el de responsabilidades y compromisos.... el de expectativas y apegos... donde toman forma lo que se es y se tiene.

Tomó aire... una inspiración que oxigenara sus pulmones para dar templanza y luz a sus decisiones...

Buscando el equilibrio... haciendo honor a su signo zodiacal... puso un pie en cada mundo y los brazos en cruz... siguiendo las enseñanzas que su maestro le proporcionó para saberse orientar en la vida.

El brazo derecho indicando el este... el brazo izquierdo el oeste... la frente hacia el norte...y la espalda al sur...

Le distrajo por un instante las connotaciones ideológicas que había en aquella manera de orientarse... Donde su educación de "florido pensil"... otorgaba a la derecha... el amanecer de la vida… a la izquierda... el ocaso... a la lucidez de la frente... el norte... y a las partes traseras y menos nobles... el sur... ese que como Teruel... también existe.

Pero no estaba allí... para hacer una lectura ideológica de la educación manipulada que tuvo... como siempre... tenía esa tendencia disuasoria... de irse por las ramas... de perderse en lo intranscendente... sino para resolver esa disyuntiva existencial... de que querer ser de mayor y dónde vivir de joven.

Cerró los ojos... con un pie en cada mundo... con los brazos en cruz... y esperando la llegada de la sabiduría en forma de lengua de fuego que iluminara la sala de decisiones de su cerebro.

Pero allí... no llegaba nada ni nadie... que pudiera dar sentido a una elección que tenía congelado el tiempo y paralizada su voluntad...

Dejó pasar un tiempo prudencial... a la vez que sintió un cierto pudor viéndose en esa posición un poco ridícula... con lo cual... y sin que sirviera de precedente... decidió poner su cabeza en el mundo de los sueños y su corazón en el mundo racional y real... cruzando el destino de sus órganos vitales...

Allí... se quedó tumbado boca arriba... mirando el cielo... sin saber que había en su vida de real y de sueños.

Y por la forma de respirar... yo diría... que se había quedado dormido... sin resolver un día más... los enigmas de lo incierto.

Mírame a los ojos... cuando esté distraído... y no sepa que me estás mirando...

Siempre me costó desnudarme delante de otros...

debe ser un comportamiento judeo cristiano... y tú cuando me miras... siento que lo estás haciendo... y yo me bloqueo y miro hacia otro lado...

No sé si con la luz apagada... tus ojos dan para tanto... y son capaces de ver en mi... lo que están buscando...

Mírame a los ojos cuando esté distraído... y no sepa que me estás mirando...

Mira que se descubres en mi... aquellas cosas que no estás buscando...

Si quieres... antes de que te crees expectativas... de esas que no gozan de buena prensa... y se adjetivan como falsas... yo te digo cuáles son mis defectos... para evitar ese efecto que provocan los contrarios...

Mírame cuando esté distraído... y yo no sepa que me estás mirando...

Nunca me gustó posar... y menos si es para formar parte de la imagen de un mes... en un calendario... no sé que cara poner ni cómo colocar mis labios...

Ahora que digo labios... déjame que te bese... cierro los ojos... y tú con los tuyos... hazme una fotografía... si crees que nuestro amor... resistirá el paso de los años.

El ciclo natural.

El ciclo natural del dinero es como el ciclo natural de un río. El mar es la vida y todo vuelve al mar, el cauce debe alimentar la tierra y volver a su origen, el mar.

El cauce del dinero es el mismo, sale del mismo sitio donde volverá y en su recorrido debe hacer su función. Es propio que vuelva reforzado, con las aguas del río, pero no envenenado.

Ahora es momento que todo el refuerzo de todos salga a recuperar la vida.

Si el mar se llama Suiza, pues eso... Sí el mar se llama Europa, pues eso.

Si secamos los ríos, el mar invadirá la tierra, y todo será mar, como al principio de los tiempos.

Que el cielo ilumine a los gobernantes del mundo, para que siga siendo mundo.

Se abre otra era, esta si es una nueva era. El cataclismo vírico se ha de llevar muchas vidas, pero dejará una nueva dimensión de valores y arrasará muchos males.

Así sea.

El Roto.

En una viñeta de "El Roto... escribe... a los niños pobres les inculcaban el sentido del deber... a los niños ricos... el del tener"...

Como niño pobre que fui... doy testimonio que en la mayoría de casos fue así...

El sentido del deber... una mutación entre la ética y la moral... engendro de una ideología heredada de izquierdas que tuvo que sobrevivir al envite de 40 años de una dictadura de derechas...

Y ese control de todos los poderes ... quieras o no... y cuando de sobrevivir se trata... no hay humano... que siendo pobre... no haga suyos algunos valores morales de la época...

El sentido del tener... arraigado en el ADN... de la clase social que te hace diferente... poderoso y dominante... era otra manera de sobrevivir... en una convivencia donde la mayoría eran pobres... para que su hambre no te comiera...

Algunos de ellos su tener... por influencia de la cultura... de que los ricos también lloran... o porque la ingesta de títulos nobiliarios les produjo sobredosis de decadencia... lo aparearon con el deber y les salió una mula torda...

Y esta herencia... con el paso del tiempo y con un capitalismo en su versión más bestia... ha producido alteraciones genéticas... en el deber y tener... difíciles de saber si lo que se inculca... es el sentido del deber...

el sentido del tener... o ambas cosas... cuando "el tanto tienes... tanto vales"... ha infectado hasta el deber de las pequeñas cosas...

Y de esta nueva mutación... donde a los niños pobres se les inculca el tener para deber muchas cosas... y a los ricos el deber del tener para parecer otra cosa... yo como padre... que de niño fui pobre... y de padre no he mejorado mucho por las influencias del deber en mis cosas... no sé que estoy haciendo... para que mi hijo... no sea una mutación en la que no queden referencias de ese deber... que debe permanecer... hasta en las pequeñas cosas.

Recordando a Machado;

"Caminante no hay camino,
se hace camino al andar,
y al volver la vista atrás,
se ve la senda que nunca
se ha de volver a pisar.
Caminante, no hay camino,
sino estelas en la mar".

Hay diversas interpretaciones del poema de Machado.
Yo entiendo que si sigues las aguas de otro buque, es decir,
su estela, llegas al mismo destino que él.
Si sigues la estela de un poeta llegas a ser poeta.
Porque los sentimientos están ahí, lo que hay que hacer es
canalizarlos para darles salida hacía la luz.
De ahí su otro famoso fragmento;

"Mi corazón espera
también hacía la luz...
... y hacía la vida...
... Otro milagro
... de la primavera"

———————

El futuro.

El futuro está en cada paso que doy, y el retrovisor da una imagen distorsionada del pasado, filtro de sabores y sinsabores, atalaya de las experiencias y conocimientos.
El futuro es cierto como mi vida, y del pasado está todo escrito, menos la melancolía, el desasosiego, la traición, pues no merecen formar parte de mi futuro ni de mi vida.
El futuro está en cada paso que doy.

Tránsitos.

Entendemos un tránsito natural al de la vida hacía la muerte, sin embargo no consideramos natural lo contrario. El tránsito de la muerte hacía la vida es lo que llamamos resucitar, no son dos vidas, en realidad es una nueva vida. No es una marcha atrás, es una evolución.
Los conceptos de muerte civil, o de muerte en vida, son adaptación del ser humano a unas determinadas circunstancias de bloqueo.
El tránsito invertido es la nueva primavera, el renacimiento.
Nacen los sentimientos encerrados, ocultos, pero existentes.
Dar a luz nuestros sentimientos es abrirse camino hacía la vida.
Es el cambio de rumbo para alcanzar un futuro distinto.
Los ingredientes son las ilusiones y la esperanza.
Nunca me siento sola.

No, no, nunca me siento sola...
Siempre estoy aquí, contigo a la hora que sea...
Cuando me siento musa por las madrugadas y me parece encantador.
Cuando siento que soy inspiración absoluta de un poeta y vivo dos vidas.
Cuando pertenezco a dos mentes, la propia y la de mi trovador.
Cuando me siento artista y musa de artista.
Cuando te cuesta concentrarte y no sabes cómo sacar lo que llevas dentro.
Siempre estoy aquí, contigo a la hora que sea....

____

De los errores.

Nada me frena, nada me impide seguir adelante, las heridas ya no duelen pues la cortisona actúa y las cicatrices son insensibles al dolor.

Entregar nuestras armas es un signo de rendición. Yo no me rindo nunca, el combate puede estar perdido, porque he entregado mi defensa a mi rival. La espera de un golpe definitivo puede ser eterna si la torpeza del enemigo es suprema. Pero no tengo armas, estoy a merced del otro.

Jamás entenderé actos irreflexivos, y sobre todo si hay ajustes para la precisión de una defensa contundente. El error seguido del arrepentimiento vale poco, pues era evitable.

Otra cosa sería lo accidental, lo no previsible, pero cuando hay estructura, cabe pensar en otros motivos que generan el error. La cobardía muchas veces nos hace mostrarnos con aires de valentía, y eso es un error mayúsculo, pues es fruto de una falsa realidad que solo nos engaña a nosotros mismos.

La impaciencia, el salto mortal hacia delante es peligroso, un mal cálculo y nos desnucamos.

Y no siempre hay colchoneta, ésta se puede convertir en piedra dura por falta de temple y de sensibilidad.

Sí, es cierto, siento dolor... porque mi lucha incansable se puede convertir en nada al manos de la insensatez. Mi cordura se vuelve locura al pensar que todo es mentira y que tarde o temprano esto nos pueda llevar al ocaso.

Sí, es cierto, siento pena... en mi alma porque tal vez soy yo ese que ha disfrazado y distorsionado la realidad.

Sí, es cierto, estoy herido... porque cuando pienso que levanto el vuelo, aparecen las sombras para dar cuenta de que están presentes.

Pero nada me frena, mi máxima siempre es la misma. Nunca dejo un trabajo sin terminar.

———————

Un día en las carreras.

Bien es sabido el gran amor que siento por los animales, de su bienestar y sobre todo del respeto que merecen aquellos seres que en su inmensa mayoría son pobladores de este mundo mucho antes de la aparición de la especie humana.
En el transcurso de mi vida, he podido observar la facilidad que tiene el sapiens, para utilizar los recursos y al tiempo sacar beneficio de todo. Llamémosle explotación.
Pues bien, a modo de circo romano, donde ya se utilizaba animales, para el deleite y satisfacción de las masas entretenidas en un espectáculo. En cierta ocasión, y por aquellas casualidades no exentas de una cierta curiosidad, entré en un prestigioso canódromo de esta mi querida ciudad de Barcelona.
Al atravesar la esplendorosa entrada, asistida por unos enormes arcos y sostenida toda la estructura por sólidas columnas, la sensación fue como acceder a un circo romano. El estruendoso murmullo de fondo abrigaba una especie de frialdad extrema. El vestíbulo era una especie corredor, el término es adecuado para el lugar, corredor. Pues bien, allí el bullicio era similar al de una lonja de pescado en la madrugada, un mercado de abastos. Innumerables transacciones especulativas sobre la próxima carrera. Sin duda los protagonistas eran los famélicos aunque espléndidos perros de la raza galgo, animales que por su propia naturaleza y sus genes son ideales para la caza menor.
Pero sin embargo, habían más protagonistas, el lugar estaba atestado de gentes de todas clases y raleas, desde un

distinguido caballero, luciendo un traje de alpaca y un enorme habano, hasta ludópatas andrajosos, en busca de una oportunidad que saben que jamás llegará.

—¡Chico... si quieres te llevo la apuesta, tengo el ganador, shhhh! Ven... ven conmigo.

Con intención de apartarme del centro de la escena, aquel hombre me arrastraba hacía una de las ventanillas donde se expedían los boletos de apuesta.

—¡Dame chico, dame, que se cierra la apuesta, va a empezar la carrera.

Sin mucho pensar, le entregué un billete que ni recuerdo de cuánto era, no mucho la verdad, no era yo un potentado en aquella época, ni en esta.

—Toma, vamos a medias eh!!. Yo te he dado el perro ganador. Vamos, vamos.

Absorto, boquiabierto y arrastrado por el codo por las manazas de aquel individuo.

Aparecí en el pabellón deportivo, las pistas eran verdaderas calles de un polideportivo de carreras. Los ansiosos animales, jaleados por el público, parecían entender cual era su oficio.

Encerrados en unos angostos cajones, articulaban sonidos que me ponían la piel de gallina, no sabia distinguir si era llanto o ladridos desesperados, tal vez todo.

De pronto, un sonido entre metálico y de fricción de cable, y enseguida lo que parecía el cuerpo de una liebre. Tal vez los galgos no gocen de agudeza visual suficiente, aquello era un trapo como tirado encima de un pequeño carro y que se desplazaba por la acción del cable. Sí, era efectivamente un cable de acero.

Un disparo procedente de un revólver en manos del que parecía ser el juez de carrera dio la señal de salida. Las compuertas de los cajones liberaron a los canes atletas y como la fuerza de un rayo se lanzaron en una persecución difícilmente visible por el efecto de la velocidad, y sobre todo por las cabezas y los hombros del público volcado en el evento.

—¡¡¡Vamos, vamos bonita....!!! Era una hermosa hembra, posible favorita, duda, espléndido animal.

—¡¡¡Pero qué haces Bribón...!!! Este era el nombre de un macho de raza, en realidad era Bribón III, tenía predecesores por lo visto.

La euforia y la adrenalina se podía cortar con un cuchillo. No faltaba nada, el humo de los puros, el olor a alcohol, entre otros olores, y como no, el oportunista amigo de las carteras de otros. La figura del carterista es indispensable en un sitio así.

La emoción ciega los ojos y abre los bolsillos sin problemas. Un gran alboroto final, gritos desesperados, risas, insultos y por fin la meta. Lógicamente franqueada en primer término por la "liebre", triunfadora sin duda, sana y salva, e inalcanzable señuelo mecánico.

Mis hombros encogidos, tensos.

Por la tensión propia del espectáculo, y por los empujones, achuchones, incluso abrazos, me tenían dolorido todo el cuerpo.

Decidí salir hacía el vestíbulo, allí estaba otra vez aquel hombre.

—¡¡¡Chaval... venga que cobramos...!!!

Ni siquiera recordaba que era un apostante, nunca pensé apostar por nada, en cambio ahora estaba allí en la ventanilla de cobros.

—Venga chico, vamos a por la siguiente.

La verdad, que el cobro es como esas drogas que entran para querer quedarse.

Pero mi mente estaba en otro lugar, estaba intentando ponerme en el pellejo de los protagonistas, esos nobles animales que sin duda habían demostrado conocer su oficio. Tal vez sea porque es innato.

—No, no... disculpe, no voy a apostar más.

—Pero bueno chico, si hemos cobrado, ¿cómo te vas a ir ahora? La próxima carrera es mejor, se paga...

— No, no para mi esta ha sido la última carrera. Discúlpeme.

A mi espalda oi el susurro de la áspera voz del corredor de apuestas.

—No lo entiendo, esta juventud, no sabe lo que quiere.

Al oír esas palabras, no pude resistirme, giré de forma brusca, casi violenta.

—¡¡¡Escúcheme patán... y escúcheme bien, sin ninguna duda sé lo que quiero, y sobre todo lo que no quiero.

El maltrato animal debería ser un delito perseguido por la ley.

—Cálmate muchacho... y suéltame las solapas de la americana, nos están mirando. Pero si son perros, son animales, no seas así.

—Ya veo lo que son, perros sí, pero creo que animales hay más en estas gradas que en esa cancha.

La palabra cancha me salió así, y resultó ser la correcta, así se llama la zona de carrera.

Abandoné el lugar y entré en el bar más próximo para echar un trago, para quitarme el mal sabor de boca.

Pero en mi mente todavía estaba la imagen de aquellos atletas, perros sí, pero verdaderos atletas, con mirada de fracaso, de incomprensión. Sin presa que llevar algo su amo en el noble arte de la caza.

El juguete mecánico había ganado la carrera. Y la frustración del animal se alojaría sin duda en lo más profundo de su sentir.

Jamás volví a pisar un canódromo.

———————

Soy malo.

Paseaba por el filo de la navaja, con el agua al cuello, prendido con alfileres, con el alma en vilo, aviado, pero no baba, en brete, pero de buenas. En sobre aviso y cansado de ir de bueno.

Pero, soy como el Guadiana a su paso por la localidad manchega de Villarubia de los ojos, que se asoma fugazmente pero vuelve a sumergirse en las entrañas de la tierra.

Armándome de valor y hasta el cogote de la posibilidad de caer en desgracia, curado en salud y fresco. Me puse mi disfraz de malo, pero malo de solemnidad, nada de me pudiese quedar grande.

La sensación de maldad, dibuja en el rostro una especie de señal de peligro, un triángulo de orla roja y signo indefinido. Porque a un malo no se le adivina lo malo que puede llegar a ser. Tampoco hay quien se interese por averiguar semejantes parámetros.

Al salir a la calle, mi mirada de reojo, iba escaneando las caras de los transeúntes y su reacción al ver a un hombre malo.

De repente, unas risas a mis espaldas me hacen girar y dirigir la mirada al posible desacato, burla, mofa.

Un silencio sepulcral se produjo en el acto, mire alrededor por si no había estado al quite, en onda. Pero no, aquellas risas iban en una dirección concreta, a mí.

—Señoritas, ¿hay algún problema?

Se miraron entre ellas, sus rostros teñidos por el enrojecimiento, denotaban expectación. Sin duda, no eran capaces de reaccionar, pero lo que era claro, por el movimiento de sus ojos, es que sabían que el horno no estaba para bollos.

De repente, la más despierta, vamos a decirlo así.

—Disculpe señor, no sabemos de que se trata. Debe ser una confusión.

—Vaya, habla usted en nombre de todas. No, no hay confusión, está bien claro, se reían de mí.

—¡No, no, no, en serio... no era eso. Solo que... bueno mire, pues sí, le soy sincera, nos reíamos de usted.

—Vaya, que bonito, y se puede saber, ¿por qué?

Las tres jóvenes, ahora ya cómplices en el trance, se vuelven a mirar, y con un aparente asentimiento, deciden argumentar el asunto.

—Yo se lo digo señor, aquí mi amiga al verle nos ha dicho que estaba más bueno que el pan. —No, no he dicho eso, replicó la que parecía más joven. —He dicho que estaba para mojar pan.

—Ja,ja,ja, una espontánea carcajada y contagiosa se apropió de la situación.

Mi cara me iba a delatar, si sigo en esa órbita de contagio se darían cuenta de que no soy malo.

Y el agua siempre sigue por su cauce, y el Guadiana abandona a menudo la oscuridad de los canales subterráneos para salir a la luz.

—Queridas muchachas, no puedo fingir más, la cosa tiene mucha gracia, sin duda.

Pero casi prefiero la primera expresión, sí "más bueno que el pan". La otra me hace sentirme como un huevo frito.

—Ja,ja,ja,.... Ja,ja,ja.... Ja,ja,ja.

—Buenas tardes chichas... seguid así, la vida es bella, y vosotras la hacéis más bella todavía.

———————

Hacía el templo del amor.

Me desplazo a un kilómetro por hora, cada hora falta un kilómetro menos para alcanzar mi destino, que no es otro que el contacto de tu piel con mi piel... y fundirnos en un abrazo que selle nuestro gran amor.

Porque no es un amor cualquiera, nuestro amor es un amor sin fronteras, que está por encima de la tierra y del cielo. Nuestro amor es imbécil, imparable, inoxidable. Es un amor suave como la seda pero robusto como robustos son sus cimientos.

Esas columnas que sostienen las miserias y las dudas y los fantasmas y las sombras. Esas son las sólidas columnas que sostienen la marquesina del balcón de nuestro amor. Y nuestro sello es con letras mayúsculas, porque nuestro mayúsculo es nuestro amor.

Es un grito a la libertad, un canto al honor y un ópera de pasión desenfrenada sin último acto, porque no tiene final. Todas las puertas están cerradas, jamás vivimos una situación similar. Todas menos una, y el león sale de paseo por la desértica estepa, debe superar diversos puestos fronterizos, pero su presencia mantiene al ralla a las alimañas.

Tras su obligaciones de inspección del "despoblado" entorno.

Sí, soy el veterano de guerra, el viejo león, unas provisiones a modo de piscolabis y voy a por mi leona.

Sale de la cueva al notar la presencia de su macho, deja la manada en manos de su hembra mayor.

Y a pesar de estar todas las fuentes cerradas, no pasaremos sed. Al menos yo ya saboreo sus exquisitos fluidos que calman mi deshidrata boca por la ausencia de sus besos.

Hubiese saltado esta vez como un tigre, para abrazarla y besarla, pero estamos en zona de cocodrilos y nuestra presencia debe ser discreta.

Como discreto es en lugar elegido. El olfato de una leona no falla, el lugar es un verdadero paraíso. Unas micro vacaciones de horas. Un encuentro con el futuro cada vez más cercano.

A pesar de las ansias, un beso apasionado y el gesto de complicidad. Somos esposos, pero falta un detalle. El león trae oculto un detalle, es minúsculo, pero tal vez para ella sea muy grande. Y lo es, leo en sus ojos la emoción, su rostro se ilumina, y los brillantes no son, son de tamaño moderado, es su luz. La que brilla más que cualquier diamante.

El anillo roto descansa ahora sobre una mesa blanca, por eso de la neutralidad, es incompatible con el otro.

Y por fin, nuestros cuerpos se ciñen como lapas, se chocan de frente y de espaldas, el león está bravo, pero de amor.

Va ha salir con todo su trapío. Ella está entregada, y empieza la ceremonia sexual.

Los gemidos se mezclan con el envidiable silencio del lugar. El entorno nos abriga, tanto que no tardamos en sudar, el aire acondicionado funciona como si fuese alemán, tal vez lo es.

Sus labios sellan los míos como si no quisiesen secarse nunca, el clímax alcanza límites insospechados, la leona muerde con fuerza, y al tiempo con placer a su león.

Las cataratas despliegan todo su esplendor, aquí no hay frio
ni calor, nosotros somos nuestros propios lubricantes, y nos
apasiona nuestro olor natural.

Locos, locos de amor... cuerdos, nuestros cinco sentidos y
alguno más, están orquestando un futuro que es imparable.

Las fuerzas nos asisten, saltamos los obstáculos, las penas
no son penas, todo tiene el color de la esperanza. Y el color
de sus ojos es cada vez más color de esperanza.

Y los míos que viven de su reflejo.

Vivo por y para ella.

Un lunes de mayo.

Hola amor, tenía necesidad de escribirte. Todavía no sé qué voy a explicarte. Dejaré a mis dedos deslizarse por el teclado. A veces creo que ellos son más inteligentes que yo misma, porque sin pretender su movimiento actúan casi sin permiso. Y no sé cómo me reconocen, porque yo misma soy incapaz de hacerlo frente al espejo. Estos últimos días mi rostro parece pertenecer a otra persona, veo en él sufrimiento, cansancio y no logro remediar sentir la pesadez en mis ojos. Ellos que siempre te deslumbraron por el encanto de su color, ahora son la triste mirada de una mujer abatida de cansancio. Sé que esconden esperanza, como verde son su color, pero la percibo bajo sombras lilas, de mis hinchadas bolsas que como mochilas han decidido acompañarme bajo mis ojos. No les di permiso, pero allí están recordándome al verlas, reclamar mi cuerpo en busca de serenidad, de paz, de relax...
Anhelo volver a ser la mujer de antes, casi lo consigo, pero estas circunstancias han hecho de mí, hundirme de nuevo en la realidad. Fui feliz un día, un lunes de mayo, un fortuito paréntesis me acarició. Pude tocarlo, saborear su presencia, vibrar de nuevo. Por unas horas volví a ser yo, no importaba nadie más, no existía nada, ni obligaciones, ni gritos, ni juegos...era la felicidad en todo su esplendor acompañada del hombre que más amo y adoro, el que me da vida, la que tanto siento a faltar un día como hoy al mirarme en el espejo.

Como una ola.

Me doy cuenta de la fragilidad del sistema, un solo día y se disipa la interactividad como la espuma de una ola al alcanzar la playa, como la cerveza mal tirada, como el suspiro de un lamento que ya no tiene aliento para quejarse. Eso es una red social, una patata caliente que se arruga y tiende a endurecerse al paso de poco tiempo fuera del "caliu".

Las brasa incandescentes, solo quedan dibujadas en los rostros cansados de los abnegados usuarios y sus ojos, enrojecidos y adornados por ojeras lilas, son el reflejo del esfuerzo, del cansancio, del agotamiento. La frustración y el desánimo se adueñan del individuo, aprovechando la pérdida de energía empleada.

La próxima sesión espera, el veneno está inoculado en lo más profundo del "Blogger"

Las ansias de mostrar y demostrar pueden con el freno de la cordura.

Es un mundo dentro de otro mundo, una olla hirviendo cuyo fuego siempre queremos tener encendido. Y el agua se evapora, y el vapor se disfraza de aire fresco perdiendo su estado físico.

Todo está en la Red, magnifica palabra para definir algo que te atrapa, y que difícilmente podrás escapar de ello.

Malos tiempos para la analógica, para los escritos de puño y letra, para el olor a tinta y a papel.

Virtual, claro, que solo existe de forma aparente, no es real. Esa es la definición de virtual. Espejismo, alucinación. Realidades paralelas.
Voy a dar una vuelta, a ver si soy capaz de pisar suelo firme, chorarme de frente con la realidad objetiva.
Cierro sesión.

———————

Sentado en el parque.

Sentado en el parque, abrigado por mi amiga más fiel, la soledad del espíritu y armado con mi pluma. Así estoy en el laberinto de un bosque tapado por los propios árboles.

Aunque la ventaja de la visión escáner (anglicismo), "scanner", pues, permite visualizar lo que parece ser opaco, lo poco transparente o lejos de la luz.

La visita inesperada de un brote de razón, eso que tanto nos cuesta dominar, me hace sentir seguro de mí mismo.

La racionalidad es ese cúmulo de valores objetivos, de positivismo, de las realidades colectivas, asumidas como centro de gravedad de nuestro entorno.

Pero desde principios del siglo pasado, la teoría de la relatividad hace aparecer otras realidades, otros matices de percepción de ese entorno.

La física es positivismo puro, en cambio abre camino a lo relativo, incluso a lo que puede parecer absurdo.

Pero la relatividad es cosa distinta al relativismo, la deformación de la percepción es el abandono de la lógica y entonces entramos en el terreno de lo abstracto.

Además de visitarme la razón, también han venido estos patos, testigos de tantos pensamientos y fieles compañeros en las tardes que pasé aquí en un pasado.

Solo piden pan, y si no hay, no piden nada.

Su torpeza al andar me recuerda la misma que nos lleva a tropezar a nosotros ante cualquier irregularidad, por pequeña que sea.

En cambio en el agua se desplazan con una agilidad inaudita.

Eso me lleva a pensar en que cada uno pertenece a su entorno natural, y fuera de él es torpe.

Mi entorno es estar cerca de las almas, acariciar sentimientos y navegar por las aguas de mi estanque.

Los suelos resbaladizos me pueden hacer caer, por eso, piso suelo firme y a la mínima a mí estanque, con mi amiga la soledad.

———

Escritores y escritos.

En realidad una persona, aunque sea escritor, no está libre de padecer algún tipo de trastorno. El trastorno es una leve alteración de la salud. Cuando se trata de la salud mental, por cierto muy habitual, consideramos que se trata de una especie de locura o algo similar.

Sin embargo, lo cierto es que todos sufrimos trastornos, físicos y psíquicos.

La pérdida de un ser querido provoca generalmente un trastorno, un gran disgusto, la pérdida de el medio de vida etc. Son causa frecuente del trastorno psíquico.

Digo lo de el escritor, simplemente para hacer unas referencias, desde el punto de vista general, casi todos somos escritores, afortunadamente en el mundo occidental la cultura está desarrollada y hay poco analfabetismo. Por tanto sabemos representar por escrito aquello que pensamos o que diríamos de palabra.

Desde el punto de vista técnico es distinto, es escritor aquel que utiliza la escritura como forma de vida, algo tremendamente difícil.

Por eso, debemos distinguir al escritor diríamos profesional, y al usuario de la escritura. Por poner un ejemplo claro, un servidor es usuario de la informática, en cambio no soy informático. También hago alguna que otra reparación del coche o de casa, sin embargo no soy mecánico ni albañil, ni electricista.

Siempre he defendido la prosa como parte fundamental de la literatura, y en cierta medida es poesía, esto lo afirmó en más de un escrito.

Ahora, pretender disfrazar una narración a modo de poema, eso no.

Una narración es lo que es, y un poema también. Cada uno tiene sus estructuras y sus mínimos de ortodoxia.

Pero a lo que voy...

Aparece aquí el dilema de la emisión y la recepción.

Un poema, una carta o un escrito de amor leído en un libro, tiene tres elementos, uno el que lo escribió, es el emisor, inspirado sin duda y dirigido a un receptor, y el lector.

Pero con las nuevas tecnologías y las redes, cuyo nombre entiendo que significa que atrapan y dificultan resarcirse del asunto, digo que desaparece una figura, el lector ahí es receptor, especialmente si es una respuesta o contrarespuesta, por tanto el emisor envía un mensaje que en realidad no iba dirigido a ese receptor, sino a otro.

El conflicto es muy probable, pues el contenido se lo atribuye, aunque sea de forma errónea.

En cierta ocasión cometí el error de remitir una composición a una persona, tal vez aquello que no piensas y dices, va esto mismo, sin ningún tipo de intención, claro.

Al ser recriminado por tal acción, entendí a la perfección el sentido de esa ofensa, porque era una verdadera ofensa.

Aquel escrito tenía un destinatario, y lo envié a otro diferente.

Esto es el grave error que cometemos cuando por algún extraño motivo, respondemos o lanzamos a un usuario de la Red un mensaje que era para otro destinatario distinto.

Hacemos desaparecer una de las figuras, solo hay dos, emisor y receptor.

Podemos plantearnos incluso que esa correosa Red pueda acabar con una relación amorosa solo por eso.

Sería reconocer que un mundo virtual puede con el más poderoso de los sentimientos, el amor.

Cabe replantearse eso, y es una verdadera barbaridad.

O es así, o realmente yo mismo estoy bajo los efectos de un trastorno de los señalados al principio de esta reflexión.

Tal vez, espero que solo sea eso...

———————

El borde del precipicio.

Bien cierto es aquel dicho popular, "la cabra siempre tira al monte"
Cuando observamos una montaña, parece que nos mueva el subir a lo más alto, para saber lo que hay al otro lado. Sin duda esa incertidumbre y la curiosidad del paisaje diferente nos atrae. Es por eso que no nos emperezamos y armados de valor atacamos la escalada con ímpetu, con arrojo y con ilusión y esperanza.
Desde abajo no parece infranqueable, pero el camino de ascenso luchando contra la gravedad va mermando nuestras fuerzas y poco a poco la dificultad respiratoria se hace patente. Pero hay un ideal, un objetivo, alcanzarlo es el propósito, volver atrás es renunciar al objetivo. Ya sabemos lo que dejamos atrás, intentamos ver otra cosa que está más allá de nuestra vista.
Al alcanzar la cima, esta puede ser escabrosa, un traspiés y una caída puede ser peligrosa. Pero ahora nos centramos en aquello que queríamos ver.
Puede suceder, que lo que vemos sea muy similar a lo que ya habíamos visto. Pero siempre hay algo que nos parece nuevo, distinto.
El precipicio es una amenaza, caer incluso hacía el lado "bueno", puede ser letal.
Tal vez teníamos una imagen diferente, un oasis en un desierto, un caudal de agua limpia que en realidad no hemos encontrado. Pero el objetivo está cumplido, logramos ver lo que antes no veíamos.

Ahora toca tomar una decisión. Volver atrás hacía lo que ya conocemos, o arriesgar en el nuevo horizonte.

La frustración también cabe, puede haber otra montaña que no veíamos, otro reto, otra escalada, siempre nos moverá el espíritu de querer ver más allá.

Sí, la vida es una montaña, ascenso y descenso, altos y bajos, ilusiones y fracasos.

El ser humano está preparado para asumir fracasos, la acumulación de eso si es perjudicial, pero se asume un fracaso, siempre queda algo de energía para afrontar nuevos retos, nuevas escaladas.

Hay un reto insalvable, ante él es difícil reponerse. La desesperanza. El carecer de ilusiones, eso es la muerte psíquica.

La desidia, el abandono la falta de ganas de vivir es destructiva en sí misma.

El desánimo, la depresión y la pérdida de la percepción conducen al desastre emocional.

He querido reflejar en este escrito, la necesidad perentoria de mantener la constancia en los valores emocionales, no rendirse al fracaso, no abandonar los ideales y los objetivos, pues fuera de eso no hay nada.

Sigo mi camino, no vuelvo atrás, en busca de nuevos horizontes en busca de la vida y a través de ella en busca de la felicidad.

———————

Alegoría de una frustración.

Cuando crees que alguien quiere ayudarte por el amor al arte, es que lo que esperas es la limosna, el reparto de bienes para asistir al necesitado.

Otra cosa es el intento de sabotaje, de con malas artes hacerte con un botín, que és presunto, nadie acredita que exista.

La sensación de conseguir atrapar al que consideras egoísta y prepotente es un triunfo. Pero en la jungla todos luchan por su supervivencia y su status. Es el orden social.

No hay nada peor que querer mostrar un cuerpo para hacerlo pasar por alma.

A la que rascas un poco aparece la realidad, el demonio disfrazado de cordero.

La idiosincrasia de nuestra cultura sirve para contrarrestar el intento de usurpación.

La burocracia y la documentación son las pruebas de unos hechos irrefutables y difícilmente defendibles ante la ley.

"Cree el ladrón que todos son de su condición" En el refranero encontramos muchas respuestas, pues es un compendio de la sabiduría a través de la experiencia de muchos.

El tiburón lanza su ataque y con sus mandíbulas muerde por el olfato. Le atrae el olor a sangre.

Cuando falla y muerde en falso, se vuelve más agresivo, no digamos si se siente atacado, entonces el nuevo ataque es definitivo a vida o muerte.

Las necesidades sociales hacen a las personas de corazón intentar ayudar, pero para eso el receptor tiene que querer dejarse ayudar, de lo contrario se trata de otra cosa.
No me cansaré de intentarlo, ayudaré a quien pueda, y sobre todo a quien se deje, sino imposible.

———————

Medir sentimientos.

Al leer aquellas palabras, me quedé atónito, "puede que me ames demasiado".

Plantearse disminuir o aumentar la cantidad de amor es algo que no entra en un presupuesto apto para cualquier mente.

Pero tal vez no es tan descabellado, los celos, término usado para definir el exceso desmesurado de su singular "celo" cambia su sentido.

El celo es el cuidado, diligencia e interés con que una persona lleva a cabo sus deberes o lo que tiene a su cargo.

Sin embargo en el campo de las relaciones su sentido es el del plural, los celos.

Es fácil confundir esos dos conceptos. No sé si deberíamos hablar de egoísmo al hablar del asunto. La percepción de la posibilidad de pérdida de algo que creemos que nos pertenece puede generar celos, es decir ataque de egoísmo. No ataque de celos.

Recuerdo el título de una novela, era muy clarificador, Simplemente tuya. Lógicamente al leer ese magnífico relato, se puede entender la dimensión de un amor.

Siempre creí que no es posible medir lo etéreo, los sentimientos son etéreos, cómo calibrar algo así.

Por eso, me introduje en el campo de la investigación, buscar la fórmula para medir cantidades de sentimientos.

Una tabla calibrada que a modo de termómetro mida la intensidad de un sentimiento. Tal vez esto sea perjudicial, pues pueden aparecer valores inesperados, alguien puede llegar a sorprenderse de según que resultados objetivos aparecen ahí.

Que difícil se hace para un hombre de letras manejarse entre magnitudes numéricas, enteros, decimales, fracciones, porcentajes, medias, medianas, subtotales, totales etc. Una locura, un descalabro. Pero la investigación tiene eso. Y puestos en faena, hay que... En fin. Lo significativo es que a mí todos los resultados me dan el mismo:100.

Claro estoy midiendo amor, que inconsciencia, pero si no hay otro resultado, siempre es cien o por el contrario cero.

Cómo le dirías a alguien que esta semana en vez de amarlo al 60 % lo harás al 30%, o a la inversa.

Amar demasiado no puede existir, el valor es cien o cero, no hay valores intermedios.

La investigación ha derivado en fracaso, nula, no es posible calibrar ese sentimiento.

Lo que si se puede es fingir, falsear, engañar, el que pueda claro. Tampoco es tarea fácil.

Confundir el término celos con celo es un error, uno puede ser un trastorno emocional y el otro la plenitud responsable de lo que aparece en la definición antes mencionada.

Apariencias.

He llegado a la conclusión de que una una cosa es lo que queremos aparentar ser y lo que en realidad somos. Es decir, la percepción de los demás es objetiva, lo que ven es la realidad, lo que somos, no lo que pretendemos aparentar ser.

Digo esto porque, una persona me acaba de preguntar si soy escritor. Tal vez, sin saberlo yo, realmente lo soy, y esa es la percepción que doy.

Estoy aquí, tomando una cerveza, deporte nacional, no estoy escribiendo. ¿Por qué esa pregunta?

Rodeado de jubilados veteranos, parezco un novato, espero que no sea contagioso, solo veo lamentos por lo que no hicieron, en cambio ninguna alusión a lo que sí hicieron.

La espuma se disipa en el contacto con el principio del fin.

Ahora hay que aprovechar la resaca de la ola, mañana pude ser tarde.

Una vez cumplida y saciada mi sed de estar en una terraza tomando una cerveza, me disponía a volver a mis tareas cotidianas.

En estos días es difícil saber que locales comerciales están abiertos o no. El proceso llamado de desescalada es ambiguo, no hay precisión en temas de medidas y sobre todo territorial.

Como es lógico los primeros son aquellos que viven de la caja diaria, la adaptación de la administración pública es más lenta, no sabemos si es precisamente porque su aval es ni más ni menos que el tejido de los emprendedores, y eso le permite establecer plazos más relajados.

En fin, la estructura jerárquica es la que es.

Me he desviado del tema del que quería hablar. Vuelvo al retomar el hilo.

Pues bien, a punto de levantarme de la exquisita terraza de este que es mi pueblo ahora, y que se asemeja mucho al que fue antes el pueblo que más amé.

Una señora de avanzada edad se dirigió al mí, con estas palabras; "Es usted escritor"

No era una pregunta, era una afirmación.

Mi sorpresa fue mayúscula, quedé preso de un silencio que me atenazó una respuesta inmediata.

Después de un micro análisis, expres, logré articular una palabra. No es la esperada, por supuesto, dije; ¡Perdón!, no tanto a modo de sorpresa, sino de interrogación. ¿Perdón?

No era mi intención interactuar con nadie, muy al contrario, me gusta observar y oír, no entablar contacto. Mi mente no está preparada para según que interacciones. Prefiero mantener distancias preventivas. Ahora lo llaman distancia social. Es una falacia, la distancia social sería el quebrantamiento del tejido social, la individualidad absoluta. "El hombre es un ser social".

Bueno, hay que reparar ese error filosófico ancestral, el ser humano es social. Hombre, mujer, es entendible, no sé si compresible y admisible, pero se sigue estudiando así.

Son textos originales de una filosofía basada en la misoginia. Si, para mí adentros, la respuesta era sí, soy escritor. Sin duda lo soy.

¿Por qué?, pues porque una vez consolidada mi supervivencia, aunque escasa y diríamos desproporcionada, puedo ser lo que siempre fui, escritor.

La distinguida señora había acertado, su visión era objetiva, estaba delante de un escritor. Claro, que después, la sorpresa fue mayor, resultó que ella también lo era, era una escritora afincada en este pueblo al que cada vez me siento más unido emocionalmente.

———————

Hacer balance.

Sabido es, porque lo hemos visto en relatos anteriores que tratar de medir sentimientos es del todo imposible, pero no cabe duda de que los acontecimientos se van acumulando a modo de asientos contables. En ocasiones conviene echar un vistazo a una inexorable contabilidad, el debe y el haber han de estar cuadrados y la diferencia ha de ser cero.

Nuestras acciones, nuestras inversiones, en definitiva todo aquello que ha acontecido en un periodo ha de ser balanceado.

Balancear es contrarrestar, en una balanza colocaríamos las cargas los debes en un lado y los haberes en el otro. Si existe desequilibrio, debemos ajustar el balance, es decir conducirlo al cero absoluto.

En el caso de que esto no fuese posible, estamos ante un problema, significa que se ha desfasado el compás, las fuerzas no se han calibrado y ahora toca reparar.

No es fácil, salvo que tengamos todos los datos debidamente documentados, por escrito. No cabe duda que la memoria humana es limitada y selectiva, por tanto habría una imposibilidad de cuadre del balance.

Aquello que quisimos destruir, borrar, anular, aparece, pero no tiene valor absoluto, solo pudo tenerlo pero fue declarado asiento nulo.

Al leer antiguos escritos, muchas veces nos llevamos sorpresas, ni nos reconocemos, nos parece mentira haber escrito según que cosas. Pero realmente fue así, lo demuestra el propio documento que aunque olvidado, sigue estando en el balance.

Afrontar una regresión, un retorno al pasado es tremendamente duro en ocasiones, pero necesario para valorar el presente y sanear nuestras acciones y actuaciones actuales.

Solo así llevaremos un saldo ajustado de nuestros sentimientos, un equilibrio emocional.

Hoy toca, balance. Cerrado por balance.

————

No es pa tanto...

Las imágenes que percibimos reflejadas a través de un espejo son imágenes procedentes de una imprecisión. Esto se debe a que, a diferencia de lo que capta el objetivo de una cámara fotográfica, cuyo nombre viene dado precisamente por el concepto de objetividad, es una realidad empírica, en cambio nuestra percepción digo, es una distorsión de esa imagen. Es así, porque viene dada por un idealización. Lo que pretendemos ver es distinto a lo que la objetividad recoge.

Las pautas de una belleza impuesta, marcan los perfiles de una imagen ideal, y ésta dista mucho casi siempre de lo que percibimos.

Nuestros ojos tratan de dibujar, moldear, ajustar la imagen a esa idealización, y choca contra los valores registrados por nuestra visión.

Y decimos; no es pa tanto. Sin embargo, que pasaría si de la noche a la mañana, al mirarnos al espejo, encontramos la imagen ideal, idealizada. Pues que dejaríamos de ser nosotros, seríamos diferentes. Y aquellas personas que estaban enamoradas de nosotros, pues perderían aquello de lo que realmente se enamoraron, de nosotros, de tal como eramos, de nuestra esencia, en definitiva de nuestros rasgos, que dan forma a nuestra personalidad única y exclusiva.

La estética indica los parámetros y el orden de las cosas en cuestión de belleza, para que no hay bellas sin rostro ni rostros sin belleza. Digo lo del orden porque imaginemos un hermoso culo, pero en vez de estar donde corresponde estuviese en el sitio de la cara, no por ello dejaría de ser hermoso, pero, ¿nos gustaría? O al revés una linda cara en el lugar del culo, ¿sería atractivo? En ocasiones, muchas, las intervenciones quirúrgicas de estética modifican de tal forma la expresión facial, que la convierten en algo neutro e inexpresivo, pues busca acercarse a los cánones establecidos y olvida la esencia personal. Lo mismo en el resto del cuerpo. No cabe duda de que hay veces que se hace necesaria por razones reconstructivas de algo que derivado a una deformación, diríamos que considerado amorfo.

Y la respuesta a todo esto, esta en sabernos ver, en depositar nuestra confianza en aquello que nos distingue y que hace que quien nos ama vea con agrado y goce de esa visión.

Habría entonces que decir en vez; no es pa tanto... es pa tanto, y pa más.

Volvamos a empezar.

A medida que va pasando el tiempo, el camino se hace cada vez más angosto, y la estrechez viene dada por el efecto de la velocidad. El tiempo vuela, y lo hace más rápido que el batir de nuestras alas.

Las nubes nos pasan de largo y volamos a cámara lenta. Aterrizar es inútil, es interrumpir el vuelo y que el tiempo nos gane por goleada.

Ganar por goleada es una expresión de cierto carácter imperativo, ganar por goleada es marcar la diferencia y de forma incontestable.

No pretendo ganar por goleada a nada ni a nadie, en realidad, no pretendo ganar. En el juego de la vida no se trata de ganar o perder, más bien es cuestión de vivir.

Claro que el avatar, cuidado con este término porque a veces se usa mal. Es la vicisitud o acontecimiento contrario al desarrollo o la buena marcha de algo.

Hacer lo contrario es renunciar a lo previsto en nuestra perspectiva mental, por tanto implica someter nuestro criterio a otros criterios.

Falsear una identidad es un avatar. Un nombre ficticio en una red social es un avatar. Un enmascaramiento de nuestros sentimientos es un avatar.

La confusión está servida al utilizar esta palabra y confundirla con resolución de conflicto interno para afrontar la vida. Afrontar, efectivamente, esa es la palabra adecuada. Ir de frente, tomar la iniciativa ante un problema y darle solución. Al afrontar las encrucijadas que se nos plantean a lo largo de la vida, vamos dando forma a nuestra personalidad y tomando conciencia de nuestra esencia.

El que es malo, lo es y aun con su avatar, no dejará de serlo.

El frío es frío, su avatar no lo convierte en apasionado.

La frialdad es la indiferencia, la falta total de interés, entusiasmo y afecto, así como la falta de capacidad para impresionarse o emocionarse que muestra una persona.

Por el contrario, el apasionado incluso con avatar no da el perfil de frío. Las máscaras son para los carnavales, la vida es una escena real, los papeles están repartidos de inicio, don Juan nunca será doña Inés, y la rana nunca será princesa.

Cada uno es como es y tiene que interpretar su papel, de lo contrario oiremos una voz a modo de dirección de escena que dirá; corten, corten... toma nula.

Un descanso y volamos a empezar.

El ensayo.

El ensayo es la puesta en práctica de una acción o actividad para poder perfeccionar su ejecución. Es la prueba que se hace para determinar si una cosa funciona o resulta como se desea. Un experimento, una prueba que consiste en provocar un fenómeno en unas condiciones determinadas con el fin de analizar sus efectos o de verificar una hipótesis o un principio científico.

Ensayar es fundamental para organizar y orquestar una vida, lo otro sería ir a ciegas.

Tocar de oído es bonito, pero una vida no es una verbena, es algo más, precisa una partitura y unos arreglos.

La música es arte cuando todo suena como tiene que sonar, de lo contrario puede ser ruido nada más.

Y el ruido es molesto, sin temple mejor quedar en silencio.

Tampoco se trata de componer una sinfonía completa, con un primer movimiento en "allegro" al estilo Beethoven es suficiente, seguido de unas variaciones, más tarde unos minuetos, al compás de una danza, homofóbicos, solos y fondo orquestal.

El clímax vendrá sin duda, las emociones aceleran el ambiente y se alcanzan notas de gran altura.

Lo malo sería un desafine, un destemple en mitad de la sinfonía. Por eso es imprescindible el ensayo. Tiempo habrá de tapar pequeños desajustes en la sala de conciertos, pero sin duda salvables pues están previstos en los ensayos.

Cuerda, viento, percusión, todo al compás y ordenado, orquestado para una gran sinfonía, la vida.

Jungla cáustica.

Es como un jardín, pero no hay flores, solo cardos, diría que borriqueros. Su nombre no es peyorativo, es un tipo de cardo silvestre, no precisa cuidados específicos, solo algo de agua muy de vez en cuando y sol, mucho sol. Como estos que tengo al lado, son más bien como lagartos, sí, dirigen sus miradas inexpresivas hacía distintas direcciones, en realidad no buscan nada, sestean su deformada osamenta pero es siesta matinal. Hablan del tiempo, pero de meteorológica, no del otro tiempo, el que seguramente perdieron y ahora lo echan en falta.

No son ni de aquí, ni de allá, intentan usar un tono neutro, pero el deje les delata, gente de tierra adentro que sin buscarlo se acomodaron junto al mar.

Las lesiones sufridas las llevan escritas en su rostro, miles de horas invertidas en algún trabajo, sin duda efectivo en incluso productivo. Pero ningún rastro por emociones intelectuales.

Soy un neo jubilado, sí como aquel recluta que recién llegado al cuartel, recibe esas miradas frías, despreciativas, distantes y hasta desafiantes.

Pero nadie aguanta la mirada de un león, sus ojos queman como el fuego abrasador de su poderío. Solo pueden agachar o desviar la mirada, el hielo se funde enseguida al contacto con el fuego.

Ahora partiré con diligencia hacía otros objetivos, otros horizontes más agradables, ahora voy hacía el mar, ese al que escucho y me escucha, y con el que de verdad me entiendo.

Alas mojadas.

Añoro esos momentos cuando solía soñar, cuando mis alas secas batían con esplendor y en avance certero me llevaban a espacios de libertad.

Añoro un pañuelo que ocultaba los ojos de la soledad, y me sentía en compañía de mi gran amor.

Las letras conjugadas, adiestradas por mi atormentada mente, diseñaban poemas que eran las puertas de mi felicidad.

Ahora mis alas mojadas extendidas al sol esperan un secado lento y preciso para volver a seguir volando.

Ahora me espera ese cielo que tanto busqué, al que dediqué parte de mi vida en halagos y alabanzas.

Ahora estoy ante las puertas del amor, un amor sin precedentes y que espera en su jaula dorada que seque mis alas y la vaya a rescatar.

Una carrera sin límites que ya tiene el disparo de salida en el aire.

Ahora solo espero que mi rival, no alcance la meta antes que yo, su fuerza es imprevisible, la muerte no tiene competidores.

Cortarse la coleta.

Cuando nos enfrentamos a según que realidades, todas aquellas ilusiones y esfuerzos realizados nos pueden llevar a un abandono de una actividad.

Pero son estos momentos los que precisan mayor energía para soslayar, eludir determinadas reacciones precipitadas.

Nos mueve el ímpetu, la certeza de estar haciendo un trabajo digno, pero el mundo camina por otros derroteros, solo existe el interés y los gananciales.

Nos parece estar siempre en el lado menos beneficioso, compramos caro siempre, y en cambio vendemos barato. No será que el sistema no está trazado ni diseñado para fomentar los valores fundamentales, sino para un mercado cuyo mecanismo está por encima de cualquier otro valor.

Valores en alza, rentabilización, exprimir los recursos y sangrar al más débil debe ser la máxima de las teorías de mercado.

Pasa por la imaginación de un creador, colgar los guantes, tirar la toalla, cortarse la coleta. Desistir de las ilusiones y de las esperanzas.

Verse vencido, en la lona, en la arena, tragando polvo, es una sensación terrible, las fuerzas se relajan y los alicientes se quedan en una nube que puede disiparse con cierta facilidad.

Ahora bien, no estamos contando con la fuerza del león, aun herido, el león jamás abandonará la lucha, el combate no acaba hasta la derrota absoluta. Y un bache es un bache y nada más.

La tripulación desfallece cuando se tarda mucho en avistar tierra, pero el capitán de un buque no puede desfallecer, su casa es el mar, y seguirá allí hasta el final. Tenemos hambre y sed, pero nuestros tinteros no cesarán de hacer correr ríos de tinta hasta el día del juicio final.
Y ahora, me voy, tengo que empezar un nuevo relato y estoy perdiendo el tiempo.

———

Rescatar a una estrella.

Recuerdo la letra de aquella hermosa canción. "Tan lejos, tan lejos, tan lejos mí, que no espero nunca poderla alcanzar". Versionada por diferentes intérpretes. Habla de cobardía y de desesperanza. Sin embargo consigue un efecto contrario al llegar a nuestros oídos. Incita a luchar hasta alcanzar un objetivo aparentemente inalcanzable.

Lo cierto es que si analizamos bien, no existen objetivos inalcanzables, lo que existen modos, estrategias de alcance. Podríamos hablar de estrategias fallidas, sí, sin duda, pero no de imposibilidad de alcance.

Ahora toca ponerse el antifaz, la máscara que nos permita entremezclarnos con un mundo al que no pertenecemos.

Los medios de los que disponemos no son armas arrojadizas, son mecanismos de defensa, tenemos que urdir, preparar con cautela un plan una estrategia de ataque.

Transformar escudos en espadas no es sencillo, lo más probable es que tengamos que refundir el acero para hacernos con armas de ataque. Y además al prescindir de los escudos, la defensa puede quedar vulnerable.

Pero no hay peces si no nos mojamos los pies, y no hay panes si no tenemos harina.

Los milagros son escasos y las quimeras son sueños o ilusiones producto de la imaginación y anhelos que se persiguen pese a ser muy improbable que se realicen.

El horno está preparado, la leña dispuesta a fundir el acero y generar armas ofensivas.

Ahora es la mente la que debe ponerse en fase ataque y con mano firme asir las espadas de la conquista de la libertad de una estrella.

Las batallas pueden ser lentas y producir grandes heridas, pero el objetivo es claro y la esperanza como valor absoluto. Nada nos impedirá cumplir la misión.

"Tan lejos" sí, pero alcanzable. Ni hay cobardía ni hay desesperanza.

¡¡¡A las armas!!!

Incerteza.

Me ha sorprendido escuchar esta palabra, en realidad mi discípula me sorprende a menudo, con sus excelentes espontaneidades.

La incerteza es la carencia o falta de seguridad, certeza, esperanza, expectativa o la confianza cuando se crea una inquietud o también cuando genera alguna duda, esta acepción se le conoce también como incertidumbre.

Estamos esta vez ante una magnitud tangible. La incerteza no es un sentimiento, es por eso que podemos medir su intensidad.

La incerteza tiene valores numéricos, porcentajes calculables con gran precisión.

Cada vez que hacemos una medición mientras recolectamos datos, podemos asumir que hay un "valor verdadero" que se encuentra dentro del rango de las mediciones que hicimos. Para calcular la incertidumbre o incerteza de las mediciones, debemos encontrar la mejor estimación de la medición y considerar los resultados cuando sumamos o restamos la medición de incertidumbre.

No voy a entrar en fórmulas ni en cálculos, como bien sabemos no es mi jardín.

El mundo de las estadísticas es un mundo frío y alejado de nuestra tarea de gente de letras.

Pero sí señalar que estamos en disposición de dar valores numéricos sobre todo en porcentaje de riesgo.

Y ese es el término que quiero analizar.

El riesgo si es un acto asumible o no, por tanto, depende probablemente de un sentimiento, y por eso es estudiable para nosotros.

El riesgo cero es la ausencia total de incerteza, pero ¿existe realmente el riesgo cero? Es difícil.

La asimilación de riesgo precisa incorporar objetivos y determinar los distintos ideales sin caer en aspectos insostenibles.

La capacidad del ser humano para asumir riesgo es enorme.

En ocasiones la propia ignorancia es la que da la valentía para atacar empresas con grandes dosis de riesgo.

El equilibrio entre incerteza, valor absoluto y la capacidad de afrontar riesgo es la fórmula psicoanalítica que nos puede ayudar al triunfo en cualquier actividad.

La negación de antemano de los valores intrínsecos propios, ofrecen valores altísimos de incerteza y por derivación alto riesgo. Por el contrario, la autoestima y la calibración de nuestros valores como afirmación de nosotros mismos, disminuyen notablemente las cifras de incerteza o incertidumbre y así mismo el nivel de riesgo.

Debemos buscar en nuestro interior eso que nos mantiene dentro de la zona de certeza y alejados de acciones arriesgadas.

Cartas y reflexiones.

Buenos días Princesa

Es posible que parezca un pesado aquel que no cesa en demostrar su amor. Pero no me importa a mi tampoco parecer un pesado.

Quisiera decirte con mis ojos, sin una sola palabra, lo mucho que te amo, pero dudo de mi capacidad para eso. Por eso sigo y sigo escribiéndolo, una y otra vez.

Y cada vez me voy quedando corto porque de una vez a la siguiente ya te quiero más que cuando lo escribí.

El amor se transmite en cada mirada, en cada gesto, en cada caricia. Y tus ojos son caricias en mi corazón. Y tus palabras, música celestial en mis oídos. Y tus escritos, tus escritos son el placer en el alma.

Los escritos revelan todo aquello que no decimos de otra manera.

Quiero ser tu "Metomentodo Quesoso", ese que quiere investigar tu cuerpo y enterrarse en tu alma para descifrar todo el amor que me haces sentir.

Y quiero ser ese periodista despistado que además escribe historias morrocotudas, ¡palabra de Gerónimo Stilton! Quiero ser... lo que tu quieras que sea.

Tu escritor de cabecera, tu amigo, y mucho más.

Buenos días Princesa.

———————

El destino.

Me dices que no te escucho, pero la realidad es que sí lo hago. Y no me pierdo ninguna de tus palabras, que entran en mi cerebro para alimentarlo.

Me dices que no crees lo que no ves, normal, pero en cambio sí crees en el destino. Claro por supuesto, es que el destino es algo muy físico, es por eso que crees en él.

Y solo se trata de darle forma, o mejor... de no permitir que se deforme.

El destino se relacionaría con la teoría de la causalidad que afirma que, si "toda acción conlleva una reacción, dos acciones iguales tendrán la misma reacción" Newton (física), a menos que se combinen varias causas entre sí haciendo impredecible a nuestros ojos el resultado.

Nada existe por azar al igual que nada se crea de la nada. Todo tiene una causa, y si tiene una causa estaba predestinado a existir desde el momento en que la causa surgió. Debido a que la inmensa cantidad de causas es impensablemente inmensa, nos es imposible conocerlas todas y enlazarlas entre sí. Esto puede estar estrechamente relacionado con un tejido, en el que cada uno de nosotros es una cerda que se involucra con otras y al final esta se va entretejiendo para crear un propósito, aquel propósito que ha completado y da por hecho la realización de una vida.

———————————

El amor es…

Este amor es... Un amor fruto de esa lenta maduración que necesita el fruto de la vid para convertirse en un exquisito caldo. Envejecido en madera de roble americano, como mandan los cánones de la viticultura. La vid... si solo le falta una letra para ser la vida.

Este amor es... Un cuento de hadas escrito a medida por el mejor narrador de cuentos de amor. Y cuyos protagonistas cobran vida cada noche en nuestros sueños y cada día en nuestros corazones.

Un cuento que como todos los cuentos es esa narración con un reducido número de personajes y con un argumento relativamente sencillo.

Y tan sencillo, se basa simplemente en una historia real de un verdadero amor que está vivo en nosotros y que tiene todos los ingredientes para ser un amor eterno.

———

Episodio imprevisto.

Mi rostro presentaba las cicatrices propias de los excesos y los malos pensamiento, a pesar del uso de cremas hidratantes que quieren enmascarar la realidad patente. No hacía falta preguntar, y a pesar de ello, al aparecer ella... se respiraba ese vientecillo que anuncia la llegada del amor de verdad.

Su hermosa belleza me vence, me rinde a ella.

Sus ojos me hablaban de la verdad.

Y yo respondo a la verdad.

Y es que ella es toda verdad, mi verdad, como se dice.

Y cómo voy a negarme a su petición, cómo dar la espalda a mi vida, que es ella.

Sin dilación, abandoné mi puesto de trabajo, no hay nada que frene mis impulsos y mis pasiones.

Ella está por encima de todo, no existe nada más para mí.

¿Hacemos un... ?

¿Qué pregunta no?

Las hormonas a galope y los nervios a flor de piel.

Me esperaba en el hotel, mi león derrapaba en las curvas como un F1, una contrarreloj para llegar hasta ella.

Su ingenio hizo que preparase el terreno, la imprevisión lo pedía.

Somos clientes Vip, saben que soy su esposo, de Wapssap pero su esposo, cuando llegué, después de esquivar el aparcamiento de los taxis, alcancé el vestíbulo.

Ella se había hecho con unos bocadillos en el self service, sino quién le entra al lobo feroz.

Y una vez en el aposento nupcial, con cama de reserva, curiosamente iniciamos una charla, un diálogo que rebosaba amor por los cuatro costados.

Pero nos esperaba una cama, y las ansias de amar... y nos amamos como nunca, era como una verdadera noche de bodas, solo que a plena luz del día.

Las cortinas se encargaron de corregir la luz de la aurora y un tornillo torcido era un obstáculo a salvar.

Por muchos días que viva, jamás olvidaré esos momentos.

Y tengo muchos momentos para recordar, pero esta vez se ha consolidado nuestro amor de forma definitiva.

Nos damos vida, y separados no vivimos. Y compartir nuestras ilusiones y nuestros sueños.

Si alguien cree que estamos locos... es su problema, no el nuestro.

La elección es vivir.

———————

No sabía cuánto.

Cada día es un día mejor, porque con ella, cada día es un nuevo amanecer. La oscuridad de la noche anterior se ha convertido en la luz de sus ojos, que me hablan de amor. Mis demonios se disipan cuando veo sus ojos. Es mi vida la que asoma por ellos. Y no hay más.

Un día gris, y con pocas expectativas se ha convertido en el día definitivo de la consecución de este amor que nació vivo y seguirá vivo siempre.

No sabía cuánto me que quería, solo sabía cuánto la quería yo.

Ahora estoy seguro, nos amamos más allá de lo imaginable.

Y este amor merece que alcance su esplendor.

Sí, esa casita existirá, igual que la ilusión que existe en mi corazón.

Y las ilusiones no son más que la antesala de lo que será.

No sabes cuánto te quiero, pero yo tampoco sabía cuánto me quieres tú.

El sexo es nuestro complemento, lo que nos lleva al éxtasis, pero lo más grande que tenemos es nuestro amor.

Templado.

Esa sensación de fragilidad que abriga todo aquello que rodea a las relaciones humanas, es la causa de la necesidad de utilizar la delicadeza.

La suavidad y la finura puede llegar a ser aquello que nos acerque a la plenitud.

Alcanzar la plenitud es acariciar la perfección en un desarrollo personal.

El temple es el punto de dureza o elasticidad que se da a un metal, cristal, etc., templándolos o enfriándolos bruscamente. Por tanto el destemple es lo contrario.

Esa sensación de frialdad que nos hace temblar es el malestar físico sin síntomas precisos pero que nos hace cubrirnos de forma exagerada.

Una cuerda destemplada hace que un instrumento desafine.

De todas formas entiendo que estoy cerca de la plenitud.

Ahora falta saber si un corazón tiene el mismo comportamiento que los metales o el cristal, y alcanzar el punto de temple.

La templanza es cualidad humana que induce a usar o hacer las cosas con moderación. Seguramente el mejor soporte para la serenidad.

Esa serenidad de la que hablas te la da el poder mírame a los ojos sin temor. Recuerda que la cobardía siempre conlleva el miedo. Y tu ahora no tienes ningún miedo, por tanto eres valiente. Lo has sido siempre, sin duda, pero ahora te sientes limpia como tu dices.

La confianza en alguien que jamás te fallará es el pilar de tu serenidad.

Yo quiero ser ese pilar.

Y si alguien tiene un placer, ese soy yo de tenerte a mi lado.

Sé que eres y serás la persona más importante de mi nueva vida, a la que ya sabes que llamo "Un nuevo amanecer " sin ti no existe esa nueva amanecer, por eso ningún nubarrón va a estropear la luz de una nueva vida, que pariré y narraré en primera persona, contigo a mi lado.

Te amo hasta no poder más.

———————

La necesito.

La necesito más que al aire que respiro. Y es que respiro por cada uno de los poros de su piel.

Mi vida es un sinsentido lejos de ella. Y cuando la tengo cerca vivo.

Sí, hay frases que salen directamente del corazón: "Con ella soy todo y sin ella nada"

Y en mi corazón no hay plazas libres, está ocupado por ella. Nadie entra en mi corazón, solo ella es dueña de mis sentimientos.

¿Cómo hemos llegado hasta aquí?

Generalmente las relaciones empiezan al revés, muchos conocen a las que serán su pareja, en el trabajo o en el entorno cercano, es decir que les une algo que tienen en común.

La admiración es un sentimiento sí, pero contemplativo, es ver con interés y placer algo de cualidades extraordinarias.

Sería el caso de un artista o alguien que destaca en una profesión.

Esto forma parte de nuestros sentimientos a veces pueden surgir verdaderos amores platónicos por ser del todo imposibles.

La pasión es otro de los sentimientos, en realidad es una emoción intensa que engloba el entusiasmo o deseo por algo. No siempre se refiere a una persona. Generalmente es a actividades. Cuando se refiere al personas suele acompañarse del amor. Sino queda como simple atracción.

Los tándem artísticos no siempre van ligados a otros sentimientos, son escasos, y no siempre acaban bien, el mundo artístico es muy difícil y peligroso a veces.

No, sin la escritura lo nuestro no hubiese existido, es una situación objetiva. No existía ningún atractivo, ni siquiera una admiración, el contacto era nulo. Desconocidos.

Aquí lo que sucedió es que alguien recibió en su mente una especie de llamada, un impulso para acceder a otra persona con unas intenciones, lo demás fue la estrategia, su arma la literatura. El azar también tuvo su papel.

Al no existir ningún tipo de sentimientos era necesario generar o la admiración o despertar la pasión por algo.

No es fácil encontrar a alguien afín en actividades literarias. Es muy raro.

Lo que no hay que hacer es engañar ni engañarse, los sentimientos son los que son, han de surgir o no y no los podemos forzar, sería un error.

Esto junto a las afirmaciones manifestadas, no es un sentimiento, es un deseo de lograr la felicidad. Todos buscamos la felicidad.

Mientras escribo estas palabras, mi mente navega por los inexpugnables y misteriosos entresijos de la vanidad.

Estólidos y variedades diversas de necedad concentradas en un ambiente de insensatez, que sostienen los pilares de la torpeza y la estupidez. No hay duda de que no estamos a salvo del contagio, de la impregnación de las ideas del sin más asimilación de aquello que aparenta ser nuestra vida escrita de antemano. El historiador Heródoto dijo;

"Tu estado de ánimo es tu destino".

La resignación es la aceptación del sufrimiento, y la decisión de no luchar contra las adversidades.

Cuando el futuro sea presente, es más que probable que renunciemos a aquella errónea resignación, pero el tren de la vida no tiene retroceso, nunca volverá a la misma estación por donde pasó en un pasado.

El ánimo es la capacidad de experimentar emociones y afectos. Por el contrario el desánimo es la falta de fuerza para resolver o emprender algo. Y cuando hablamos de emprendedores. qué hay más importante que emprender nuestra propia vida.

El destino no está escrito, su estructura se va consolidando a medida de nuestros diferentes estados de ánimo.

La labranza es la preparación de la tierra para el cultivo, pero necesitamos sembrar las semillas, de lo contrario, todo quedará en pura intención.

Es por ello que he decidido seguir esparciendo las semillas de mi destino a fuerza de estados de ánimo alejado de procesos disfóricos.

Fin

Sin duda el objetivo de un relato es plasmar en una narración en general una breve historia o un cuento de forma literaria.

La brevedad es la base fundamental, y la concreción es el cálculo de mesura.

Sin embargo todo relato debe contener una estructura. La variedad de los temas relacionados en una obra de este tipo, es la clave para conectar y desconectar al lector en cada uno de los relatos cortos.

No hay ni orden cronológico ni otro tipo de orden. Surgen de forma casi convulsiva, al recuerdo o al estado de ánimo del autor. No siempre se trata de historias reales, aunque sin duda será el propio lector quien determinará aquello que pudo ser verídico y lo que no.

Emma Arlubins

PRÓXIMAMENTE VOLUMEN II